Hanna Kamenska

Эхо Скорпиона

Пробуждение памяти

Оглавление

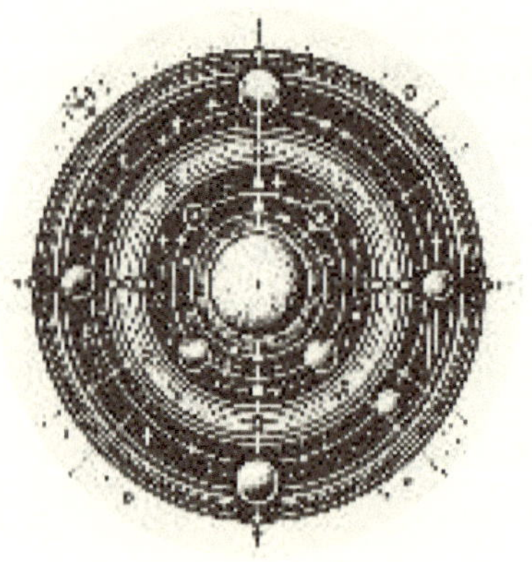

1

Пробуждение памяти

Земля, как всегда, находилась на грани хаоса. Человек с серебристыми прядями волос и глубокими серыми глазами, излучающими непоколебимую решимость, задумчиво созерцал городские джунгли из окна своего кабинета. Преданный своим мыслям, он обдумывал стратегию, как противостоять апокалиптической силе Легиона, который погружал миры в вечную тьму. Надвигаясь, он окутывал планеты мраком, где жизнь угасала, а свет звезд тускнел. Легион наводил жуткий ужас на всё живое, превращая души мертвых в свою армию. Но не только мысли о том, как справиться с этим, не давали сегодня покоя Максимилиану...

Мужчина всегда отличался крепким

телосложением и внушительной осанкой. Но годы военной службы оставили на его лице следы усталости. Путь наверх был тернистым — ему пришлось преодолеть множество препятствий, конфликтов и предательств, прежде чем заслужить высокое звание губернатора.

Атмосфера в его кабинете была наполнена тишиной и ожиданием, словно само время замерло в предвкушении важных решений. Он ощущал на себе давящую тяжесть ответственности, его внимательный взгляд казалось проникал в самую суть каждой проблемы. Кабинет лидера, хоть и скромно обставленный, был просторным и внушал ощущение мощи и уединения. Всё в этом помещении было пропитано историей: от массивного деревянного стола, испещренного следами времени, до стен, украшенных портретами великих предводителей прошлого, чьи взгляды словно следили за каждым его движением. На столе аккуратно лежали стопки документов, каждый из которых нес в себе вес судеб миллионов людей.

В последнее время сны Максимилиана становились всё более странными и выразительными. Они были как пазлы, каждый из которых, казалось, должен был донести до него что-то важное. Но каждый раз, просыпаясь, он чувствовал, что ключевой элемент ускользает от него, и он вновь погружался в реальные проблемы, требующие немедленного решения. Но сегодняшний сон был особенно необычным, и он не мог его забыть весь день: мужчина увидел себя в другом теле, на другой планете, в другой жизни...

Сон начался как обычно — с бесформенного беспорядка мягких цветов и звуков, которые постепенно обретали очертания реальности. Он стоял на вершине высокого холма, сухой ветер играл в его волосах, обжигая лицо горячим воздухом, глыбы песка струились и плыли перед глазами, а воздух был насыщен ароматом сладких пряностей. Позади, издавая тяжелый скрип, закрывались огромные деревянные ворота. Стены из песка и глины окружали этот город, защищая его от глупых и безобразно больших пелесей, похожих на некогда здесь обитавших обезьян-носачей, которые стадом совершали набеги ради забавы и будоражили мирных жителей. Он покинул родной дом, в последний раз вдыхая его запах и навсегда запечатлевая в памяти прожитые там годы. И эти воспоминания наполняли его большей волей и решимостью идти вперед. Он знал, что его путь долог и будет длиться не одну жизнь. Спускаясь с холма, он направился к горизонту, где таилось неизведанное и приключения ждали его. А в сердце горел огонь страсти и жажды познания.

Максимилиан проснулся в кресле, с надеждой сжимая в руке предмет, который во сне казался медальоном. Он запомнил на нем символы и знаки. Но теперь это был просто камень — теплый и будто пульсирующий, как живой. Мужчина смотрел на него, пытаясь понять, что это значит. Он долго искал значение символов в сети, но нашел только упоминание об одном артефакте и минерале в ушедшем в века пророчестве. В нем говорилось, что они способны восстановить равновесие и разделить мир живых и мертвых. Одни существа, которые называются Гаолы, способны управлять минералом, а также энергией Вселенной, используя её для создания новых миров.

“Странно”, — подумал он. Мысли его текли медленным и неуклонным потоком. “Но мне пора идти”, — сухо сказал себе и вышел из кабинета.

В резиденции царила напряженная атмосфера. Советники шептались в коридорах, а политики строили планы новых кампаний. Но он чувствовал, что ответы на его вопросы лежат где-то вне этих стен, вне этой реальности.

Как обычно, проходя по коридору, его взгляд упал на висевший на стене старинный портрет. Это был портрет его предка, великого полководца, который жил несколько столетий назад. Максимилиан вдруг осознал, что виденный сон был не просто грёзой. Это было воспоминание, и оно принадлежало не ему одному. Он обратился к архивам в сети и нашел древние тексты о периодах перехода, когда Земля и её жители переживали эпохи перемен. Тексты гласили, что в такие моменты появлялись особые люди, способные видеть прошлое и будущее, и становившиеся лидерами, проводниками изменений. "Вот и пришла пора перемен", — выронил вслух.

Он взглянул на экран, где мелькали новости о войнах и научных открытиях. Всё это теперь казалось ему далеким и несущественным, повторяющимся снова и снова, словно мир никогда не меняется. Но сейчас его внимание было приковано к внутреннему миру, к воспоминаниям, которые вдруг стали такими яркими.

Он подошел к окну. За стеклом виднелись огни большого города, который, казалось, возрождался из своих руин, стремясь к небесам. Длинные здания, как нити гигантской паутины, пронизывали облака, скрывая свои вершины в темноте, создавая купол над всей планетой. Этот вид всегда

заставлял сердце замирать независимо от того, сколько раз он его видел. Всякий раз тело цепенело, если долго смотреть вдаль. Спирали дорог создают эффект движения всякого элемента и подвижности даже малейших частиц как единой системы огромной урбанистической машины мегаполиса.

В тени этой технологической роскоши бурлила атмосфера напряженности и недовольства — последствия действий предыдущего губернатора и его последователей. Обычные жители чувствовали себя отчужденными от правящей элиты, чьи амбициозные планы расширения часто вступали в конфликт с уставшим и измотанным народом города Авалон — центра политической и экономической власти в этом секторе галактики. Те, кто еще чувствовали себя живыми, часто заполняли улицы протестами и массовыми демонстрациями.

Иные, способные по своему достатку жить века, теряли смысл и уходили во мрак, предавая тело земле, а сознание загружая в матрицу поля.

В экономической сфере наблюдался значительный разрыв между богатейшими кланами, контролирующими основные ресурсы и производство, и широкими слоями населения. Это порождало рост преступности и созревание радикальных идей перераспределения богатства.

Несмотря на кажущееся процветание, под блестящим фасадом Авалона зреют глубокие противоречия. Максимилиан, хоть и занимает наивысшую должность, остро ощущает этот разлад между амбициями власть имущих и чаяниями простых людей. Ранние методы подавления и угроз более не действуют, потому чаще в своих видениях он ищет путь гармонизации этих противоборствующих сил, способ вывести Авалон на новый виток развития не ценой кровопролития, а через взаимопонимание и прогресс.

Максимилиан размышлял о городе, мерцающем как звезды на небе, и о каждой звезде, таящей свою историю, надежды и страхи. "Как защитить их всех, когда угрозы наступают со всех сторон?" — не переставал думать он.

А город жил своей жизнью, несмотря на все неопределенности и трудности.

Мужчина закрыл глаза, пытаясь избавиться от навалившейся усталости. Сделав глубокий вдох, он почувствовал тонкую связь со всем окружающим. "Я часть чего-то большего", — представил он и снова взглянул на город, теперь уже с отблеском решимости в глазах.

"Я найду способ преодолеть хаос!"

В этот момент подошёл адъютант: "Губернатор, вас ждут на совещании", — сказал он с беспокойством в голосе. Командующий окинул его раздраженным взглядом, но справился с собой и зашёл в огромный зал.

На экранах мелькали графики и карта галактики. Максимилиан сразу почувствовал нервозность. "Очередной спор за доминирование и капитал", — подумал он, глубоко вздохнув. Он присел в центре длинного стола, облицованного кожей и деревом. Все взгляды сразу же обратились на него, ожидая начала совещания.

"Господа," — молвил Губернатор, — "Наш мир на пороге больших перемен. И они начнутся с нас". Его слова висели в воздухе, словно приговор, от которого невозможно было отступить. На лице читалась глубокая серьезность, отражающая непоколебимый характер. Слова сперва вызвали мгновенное молчание, а затем бурю обсуждений. Но вновь мелькнул в голове образ из сна, и его мысли унеслись вслед за странником, шедшим по горячему песку...

Флетчер, его давний спутник и советник, обосновался в тени зала, предпочитая наблюдать, чем быть в центре внимания. Он невольно сжал край своего плаща. Это заявление и предлагаемые губернатором реформы были неожиданными, это не похоже на осторожно спланированные стратегии, к которым он привык. Он все больше осознавал, что между ним и Максимилианом вырастает пропасть, заполненная различиями в их взглядах на будущее. Максимилиан уже не был тем человеком, с которым он начинал свой путь. Некогда оба были одержимы властью. Он изменился, а вместе с ним и их дружба. От жестокости и стремления к полному контролю Максимилиан повернул к осознанию, что истинная сила лежит в мудрости, взаимодействии и в некотором смысле покорности, точнее, служении своему народу, так управляя им эффективнее. Наблюдая за реакцией элиты, Флетчер пытался уловить мельчайшие нюансы предательства, чувств, которые могли бы дать ему ключ к пониманию.

После совещания Максимилиан вышел во двор и решил пройтись. Он зашел в сеть, открыл секретный файл, в котором хранились данные обо всех известных ему особых людях, их обычно называют гаолы, что могли видеть прошлое и будущее. И собрал о них немного информации.

Гаолы — это древний народ, обладающий

уникальными способностями, которые делают их ключевыми фигурами в балансе сил во вселенной. Их происхождение уходит корнями в саму ткань космоса, в эпоху, когда миры только начинали формироваться из хаоса и пыли.

Их внешность воплощала таинственную красоту и величие самой природы. Высокие и стройные, с бархатистой кожей, переливающейся всеми оттенками синего, фиолетового и изумрудного, словно отражали безбрежные космические глубины. Но самое поразительное в их облике — это руки. Длинные, гибкие, с тонкими пальцами, они напоминают щупальца, способные касанием творить реальность. Ладони их испускают мерцающие вспышки энергии, переливающейся всеми красками радуги. В целом гаолы — это воплощение мистической загадки бытия. Их облик завораживает и вселяет благоговейный трепет, будто перед тобой воочию предстала квинтэссенция самой вселенной во всем своем безграничном величии.

Сила и умения передавались по наследству, и каждое новое поколение учило следующее искусству взаимодействия с эфиром. Но сила была и проклятием, ведь многие искали контроль над хранителями баланса, чтобы использовать их дары в корыстных целях. С течением времени гаолы стали легендой, и многие сомневались в их существовании. Но их знания и тайные учения сохранились в древних текстах и артефактах, разбросанных по всему космосу.

Раньше Максимилиан скептически относился к легендам о мистических гаолах и их древних знаниях. Для него это были всего лишь сказки, порожденные суевериями невежественных мистиков. Однако по мере того, как он все глубже погружался в эту запутанную историю с артефактами и пророчествами, скепсис начал понемногу уступать место любопытству.

Изучая легенды о гаолах, он понял одно — нужно найти всё, что связано с этими существами, возможно, так он сможет понять, что происходит с ним и с миром вокруг. И в этот момент на экране появилось уведомление. Сообщение было кратким: "Вам нужно встретиться с Леоном. Он ответит на Ваши вопросы."

Максимилиан улыбнулся. Его это не удивило, поле планеты всё считывает и настроено под его задачи. Введя имя Леон в поиск сети, быстро нашел информацию о молодом исследователе галактики — он образец энтузиазма и увлеченности своей работой. Высокий и стройный, обладает спортивной фигурой, что свидетельствует о его активном образе жизни. В его глубоких глазах горел огонь интеллекта и любопытства, а темные, почти черные волосы аккуратно уложены, добавляя ему уверенности и чувства стиля.

На экране появилось лицо Леона. Он выглядел удивленным, но радостным. А улыбка настолько приветлива, что сразу же вызывает симпатию и доверие.

"Губернатор, это большая честь для меня," — начал Леон.

"Приветствую," — ответил Максимилиан, — "я слышал, что вы можете помочь мне с некоторыми... необычными вопросами. Нам нужно встретиться."

Леон кивнул, его глаза загорелись от интереса: "Я готов вам помочь."

2

Приключения Леона

Леон стоял на поверхности планеты Ксерион-5, оглядывая удивительный мир, полный контрастов и опасностей. Засушливые пустыни соседствовали здесь с пышными тропическими лесами, а между ними простиралась вулканическая равнина, где лава не переставала течь. Частые облака закрывали небо, и солнечный свет достигал поверхности лишь изредка. Приспособившись к экстремальным условиям, местная флора и фауна казались чем-то невероятным. Деревья и растения двигались, уклоняясь от лавовых потоков. Поэтому эту планету часто называли Вулканус — место, где каждый день — борьба за выживание, но и источник неисчерпаемых чудес и открытий.

Миссия исследователя была проста: найти минерал, который по слухам обладал удивительными свойствами.

Путника встретила группа ксерионцев — крабоподобных существ с развитым интеллектом. Они всегда помогают за небольшую плату путешественникам в их исследованиях.

“Зовите меня Ксери,” — сказал один из них. — “А вы, друг, кажется, немного потерялись здесь.”

“Ну, это можно так сказать. Я здесь, чтобы изучить это место. Оно... совсем не похоже на то, к чему я привык,” — ответил Леон, стараясь не показать свою неловкость.

“Не похоже?” — житель рассмеялся. Его жесткая бугристая кожа, похожая на

экзоскелет насекомого, запереливалась от коричневого до зеленовато-серого цвета. — "Ну, вы точно выделяетесь здесь. Не каждый день мы видим кого-то вроде вас."

Юноша, конечно, понимал, что выглядит для них необычно. Людям невыносимо тяжело находиться в условиях этой планеты, тем не менее Леон не изменяет своим привычкам, всегда одевается с неформальной элегантностью, предпочитая удобные, но стильные униформы, которые подчеркивают его молодость. Одежда его с яркими нашивками и символами научного института, где он работал, выдавала его как человека, посвятившего свою жизнь исследованиям и открытиям.

Леон решил пошутить в ответ: "Ну, я всегда считал себя уникальным."

“Уникальным?” — переспросил ксерионец, подмигивая своими глазами. — “Скорее уникально неуклюжим!”

В этот момент Леон, пытаясь сделать шаг назад, споткнулся о камень и чуть не упал в кипящую огненную воду. Ксери и его друзья засмеялись так громко, что эхо разнеслось по всему побережью.

“Видишь?” — ксерионец еле сдерживал смех. — “Ты даже ходить не умеешь!”

“Ну, каждый учится на своих ошибках,” — смущенно ответил юноша.

“Ошибок, похоже, будет много!” — заключил Ксери, приглашая взглядом Леона. Он двинулся ловко и быстро вперед на мощных, но гибких ногах.

Затем Леона пригласили на обед, и во время трапезы старейшина племени рассказал историю о гаолах:

"Давным-давно, когда небеса были ещё тёмными и звёзды только начинали зажигать свои огни, дивные существа пришли к нам с далёких уголков вселенной. Они принесли знания о тайнах космоса и научили наших предков жить в гармонии с природой и энергией, что течёт сквозь всё живое. Их дары были велики, но и ответственность, которую они несли, была огромна. Они стояли на страже мира, защищая его от тёмных сил, которые искали пути, чтобы разрушить равновесие и захватить власть над всеми живыми существами. Однако со временем гаолы исчезли, оставив после себя лишь руины древних храмов и загадочные символы, которые никто не мог разгадать. Легенды гласили, что они вернутся в момент величайшей нужды, чтобы вновь принести гармонию и защитить Вулканус от надвигающейся угрозы. Говорят, что когда настанет время, новый герой восстанет, чтобы раскрыть тайны гаолов и принести мир в наш мир, раздираемый конфликтами и страхом перед неизвестным. И возможно, этот герой уже среди нас...”

Эта легенда была вдохновением для многих искателей и авантюристов, в том числе и для Леона, который, не зная того, уже шёл по пути, предначертанному древними гаолами. Когда путешественник только прибыл на эту планету, еще спускаясь на её поверхность, юноша ощущал волнение и азарт. Тогда же возникло необычное чувство, будто минерал его ждет.

Ксери продолжал подшучивать над Леоном, но гость чувствовал, что в этой иронии нет злобы. И они отправились в путь.

Проводник вёл его по извилистым тропам Вулкануса, неуклюжего Леона то и дело спасая от опасных ловушек, расставленных самой природой этого враждебного мира.

Чудесные пейзажи открывались взору путника. Застывшие волнами из лавы и пепла бескрайние пустыни, которые то взметались страшными смерчами, то успокаивались, принимая причудливые формы барханов.

"Ксерион жесток, но восхитителен," — пояснил Ксери, заметив восхищенный взгляд Леона. В его речи чувствовались гордость и трепет перед родной планетой. Каждый пейзаж, каждое опасное существо было частью того бесценного целого, которое он привык оберегать. Более того, в кажущихся бесхитростными шутках зрела извечная мудрость его расы. Ксери прекрасно видел то смущение и страх, что таились в душе юного путника. И в какой-то степени подначивал, закалял его, вызывая эти переживания. Ибо только преодолев сомнения и робость, можно по-настоящему обрести силу.

Под маской простака-насмешника скрывалась личность загадочная и глубокая. Ксери держал ответы на многие тайны, но следуя веками выверенной традиции, не мог просто так выложить их. Каждый должен был сам пройти свой путь испытаний и открытий.

А в душе юного исследователя бушевал целый водоворот эмоций. Леон ощущал зов приключений, страсть первооткрывателя, рвущегося в самое сердце тайны. Он вырос в семье ученых-исследователей, поэтому жажда знаний была у него в крови. С ранних лет он проводил часы, изучая древние артефакты и свитки, мечтая однажды отправиться в путешествие по галактике. Несмотря на книжное воспитание, в нем жила авантюрная жилка — юноша обожал исследовать новые миры, не страшась опасностей. Но в то же время его не покидало смутное беспокойство, подспудный страх перед неизвестностью.

В пути гид открыл юноше множество тайн этого опасного, но прекрасного мира. Леону удалось наладить с ним хороший контакт, взаимопонимание и получить некоторую информацию о минерале.

Ксери поведал ему, что в галактическом контексте камень имеет значительную ценность. Его редкость и уникальные свойства делают его весьма желанным ресурсом среди межзвездных цивилизаций. Этот ресурс используется при строительстве космических кораблей, генераторов энергии и устройств связи. Вся сеть и поле практически каждой планеты построены на использовании пары таких минералов. Именно его способность эффективно хранить и передавать энергию произвела революцию в системах межгалактических путешествий и связи. Но найти его было крайне трудно. Только на планете Вулканус существуют эти кристаллы. И этот минерал был ключом к древним технологиям гаолов, способным изменить судьбу всей галактики.

Наконец они добрались до цели путешествия — огромного вулканического кратера, на дне которого виднелись сверкающие скалы странного узора и формы. Именно здесь, зарождались магические кристаллы.

И внутренний голос поманил Леона через реки лав и душные гейзеры вулканов. Преодолевая преграды, он шёл: уставший, измотанный, голодный...

Молодой исследователь оказался на краю высокого утеса, смотря на расстилающиеся перед ним бескрайние пустыни и заросли редкой растительности. Ветер играл его волосами, а в воздухе витал легкий аромат неизвестных цветов, дурманящих разум. Он закрыл глаза, пытаясь собрать мысли. Юноша не понимал, как очутился в этом месте, всё было как в тумане. А в голове крутились сомнения и надежды, до мурашек на коже. "Может ли этот минерал действительно помочь?" — думал он. — "Что если это всего лишь миф?" Но в глубине души он чувствовал, что это не так. Леон открыл глаза: в руке действительно лежал минерал. Не помня того, как его нашел, с надеждой парень прижал его к груди, и сердце забилось чаще.

Минерал был прозрачным, излучал слабое синее свечение и действительно обладал удивительными свойствами: одно из них — мог менять свою структуру, адаптируясь к окружающей среде. Леон зажал его крепко в руке и отправился на встречу с губернатором.

Возвращаясь домой, он увидел дивный сон. В детстве видения посещали его часто, потом всё реже. Но в моменты сильного стресса или запутанных ситуаций они становились чаще, подсказывая ему верный путь. В этот раз Леон увидел себя в другом мире, совершенно ему не знакомом. Там он встречался с неизвестными существами, но не смог понять, что они ему хотели сказать, так много голосов, и все шепчут и шепчут... После этого у Леона возникло странное ощущение. "Всё меняется," — предчувствовал юноша.

3
Встреча с лидером

Леон осторожно пробирался по подземным туннелям, ведущим к бункеру губернатора. Его шаги были тихими, но в груди бушевал ураган эмоций. Внезапно под ним обрушился пол, он упал в ловушку, устроенную сопротивлением. "Значит, все знают о моем прибытии," — подумал он, активируя антигравитационный модуль.

Просторный кабинет губернатора был наполнен напряженным ожиданием. Стены украшены военными картами, а на столе лежали документы, оберегая свои тайны. В это время командующий сидел за своим столом, перебирая в руках неоткрытый конверт, и общался с адмиралом Флетчером. В один момент его взгляд зацепился за статую древнего воина — символ бескомпромиссности и мужества, качеств, которые Максимилиан ценил. Он часто смотрел на статую, когда нуждался во вдохновении.

"Ты уверен, что мы можем доверять Леону? Его репутация... сложная," — произнес Флетчер, невольно играя пером между пальцев, словно каждое вращение пера помогает ему оценить ситуацию с разных сторон.

"Его прошлое меня не беспокоит. Я вижу в нем потенциал для наших целей. Мы все имели сложный путь, Флетчер. Важно, куда он ведет нас сейчас," — медленно произнес Максимилиан, откинувшись на спинку кресла. Он выглядел уставшим, глаза были красными от недосыпа.

Ветеран многих сражений, Флетчер безоговорочно верил в жесткую руку владык, чьим продолжением являлся сам. В упорядоченном потоке войн мужчина черпал силы и ощущение правоты. Но нечто в Максимилиане стало ускользать от него. Ему была противна эта нерешительность, он называл это — губительной слабостью. Флетчер не желал ничего менять, ибо тогда его удобный мир разлетался на куски.

Не желая продолжать с губернатором диалог, Флетчер вышел из кабинета, захлопнув за собой дверь.

Максимилиан тяжело переживал разлад с Флетчером — человеком, с которым они вместе прошли огонь и воду, бились плечом к плечу в бесчисленных битвах. Их дружба зародилась еще в ранние годы службы, когда они были всего лишь юными горячими головами, рвущимися в бой. Соратник был той самой безупречной правой рукой, на которую всегда можно было положиться. Однако в последнее время разногласия стали непреодолимыми, и прежние единомышленники смотрели друг на друга почти как на врагов. И именно это причиняло Максимилиану невыразимую душевную боль...

Но сразу в сети появилась информация о приближении Леона. Командующий с нетерпением ждал встречи с этим юношей, чувствуя, что она может пролить свет на многие вопросы.

Путешественник принес с собой минерал и начал рассказывать о своих исследованиях, о планете Ксерион-5, о её обитателях — ксерионцах и об этом таинственном камне. Он говорил о том, как важно быть открытым к новым идеям и возможностям.

Леону удавалось передать атмосферу и дух этого негостеприимного мира, где жизнь была вынуждена постоянно приспосабливаться. Максимилиан представлял эти причудливые пейзажи из лавовых полей и дрейфующих песчаных дюн, испещренные трещинами и следами яростной активности вулканов. Клубы густого пара застилали горизонт, словно сама природа пыталась скрыть драгоценные секреты от посторонних глаз.

Максимилиан внимательно слушал рассказ Леона о его путешествии. Взгляд командира был сосредоточен, словно он пытался разглядеть в этом юноше нечто большее, чем простого исследователя.

А когда Леон заговорил о древней легенде о загадочном народе Гаолов, хранителях равновесия во Вселенной, Максимилиан затаил дыхание. Эти намеки на тайные знания и утерянные реликвии, способные изменить судьбы миров, отозвались в его сердце странным предчувствием. Он ощутил зов забытых веков, который все громче звучал в его сознании с каждым новым видением.

Изучая это свежее и открытое лицо молодого исследователя, мужчина вдруг уловил что-то совершенно необъяснимое. Словно этот юноша излучал особую энергию, ауру странного могущества, таящегося под обычной оболочкой. Его стремление к познанию и решимость на словах вторили той глубинной силе воли, которую командующий всю жизнь искал в надёжных союзниках.

Когда Максимилиан взял камень в руки, минерал начал ярче светиться, и он услышал голоса в своей голове. Речь шла о важной

миссии, и шепотом тени предупреждали его: "Ты выбран. Можешь либо изменить мир, либо уничтожить его. Но смерть неизбежна. Только ты можешь выбрать, какой след оставишь после себя."

"Этот минерал не просто камень, Губернатор, он ключ к активации древнего артефакта, который может изменить ход войны," — привлекая словами мужчину обратно к реальности, мягко произнёс Леон.

Также он поведал историю, как однажды пару лет назад он встретился с дивным стариком в дряхлом доме в лесу — единственном островке буйной зелени и высоких деревьев на всей планете Вулканус:

"Тот дом казался забытым временем и природой: стены его одряхлели, а крыша почти обрушилась. Но сквозь щели иногда проскальзывало дающее надежду мерцание света. Всё вокруг этого места пропитано неведомой магией. Старик сидел в кресле у окна, лицо его освещало мягкое пламя заката. Он был худым, с длинной седой бородой и глубокими мудрыми глазами. "Эта карта приведет вас к артефакту 'Свет Зориуса' на планете Зорион-7," — сказал старик, в его глазах была неразрешимая загадка."

Юноша рассказал Максимилиану, что, согласно легендам, "Свет Зориуса" обладает уникальной способностью поглощать, хранить и излучать чистую энергию света и тени, что делает его не только источником мощи, но и символом баланса между этими двумя силами.

В культуре зориан этот артефакт считается священным, символизирующим мудрость и власть. Он играет центральную роль во многих ритуалах и праздниках, особенно в тех, что связаны с переходными моментами — сменой дня и ночи, солнцестояниями и равноденствиями. Зорианы верят, что эта древняя реликвия способна направлять их на пути к гармонии и пониманию глубинных тайн вселенной. В истории зориан этот артефакт неоднократно играл ключевую роль. Он использовался великими мудрецами и правителями для принятия важных решений и защиты от внешних угроз. Существует множество рассказов о том, как "Свет Зориуса" помогал жителям в трудные времена, обеспечивая им победу в битвах и помогая восстановить мир и порядок.

Максимилиан почувствовал, что что-то изменилось в его восприятии мира. Он осознал, что его воспоминания не просто отголоски прошлого, но и ключ к будущему.

"Спасибо, Леон. Вы помогли мне открыть новый путь," — произнёс он, протягивая руку в знак благодарности.

4
Противостояние идей

Вскоре Максимилиан и Леон отправились на планету Зорион-7, также известную как Зориус, где находился артефакт.

В холодном и глухом пространстве космического корабля Максимилиану всё было неудобно и неуютно. Несмотря на частые перелеты для дипломатических переговоров, он никак не мог привыкнуть к этой пустоте. Но истощенное тело требовало отдыха, и в пути ему снова приснился тот же сон.

На этот раз он шел по узким улочкам, ощущая под ногами горячий песок. Мужчина чувствовал себя чужим в этом мире, но в то же время невероятно привязанным к нему. Его сердце билось в унисон с ритмом этого места, и он ощущал странное влечение в глубь города. В воздухе всё также витал запах пряностей, а улицы были полны людей в ярких одеяниях, суетливо занимавшихся своими делами. Он увидел перед собой высокую башню, украшенную золотыми узорами и резьбой на стенах. Поднявшись по крутой лестнице на вершину, его взору открылась огромная панорама округи. С большой высоты мужчина мог разглядеть каждую улочку. Он запечатлел в памяти этот город — как символ его собственной жизни, его борьбы и поисков.

Мужчина огляделся вокруг и увидел, что рядом с ним стоит старец в длинной белой мантии. "Ты ищешь ответы," — сказал тот. — "Но ответы находятся внутри тебя. Прислушайся к своему сердцу и следуй его зову."

С этими словами старец исчез, а мужчина остался стоять на вершине башни, смотря вдаль. Город теперь казался ему не таким уж чужим. Он почувствовал, как в сердце зарождается новая надежда.

Пробудившись от дивного сна в каюте корабля, мчавшегося к далекой планете, Максимилиан ощутил неподдельную ясность. Видение, казавшееся ему вещим, обещало стать наставлением в грядущих испытаниях.

Молчание космоса в командном центре нарушалось лишь мягким щелчком клавиш, когда адъютант губернатора, проводя рутинную проверку, наткнулся на необычный поток данных. Сосредоточенно просматривая логи, он обнаружил зашифрованное сообщение, которое не должно было там быть. Он смог расшифровать его и уведомил о находке. Внутри скрывалась корреспонденция, которая явно указывала на подрывную деятельность внутри структуры власти.

“Покажи,” — голос губернатора был ровным, но в его глазах вспыхнула злость. Перед взором раскрылась переписка, где Флетчер обсуждал планы, вероятно, с сопротивлением, направленные против нынешнего управления. С тяжестью в сердце и не теряя ни мгновения, Максимилиан отдал приказ об отстранении Флетчера, оставив возможность для дальнейших расследований. В глубине души он всё еще питал искру надежды — возможно, весь этот замысел, столь опасный и двусмысленный, в конечном итоге окажется ключом к неожиданному преимуществу.

Переплетающиеся мысли о предательстве и доверии медленно уступают место чудесам Зориуса — мира, где природа и технологии создают гармонию.

Зориус — венец творения галактики Андромеды. Её поверхность украшают бесконечные пышно зелёные джунгли. Реки и водопады сверкают под лучами двух солнц, а небо на закате играет всеми оттенками фиолетового и золотого. Это планета контрастов, а сам воздух, будто из золотой пыли, пронизывает и насыщает всё вокруг, придавая небывалый оттенок.

Прибытие их судна на Зорион-7 ознаменовалось внезапной встречей. Не успев пройти и треть пути, им перекрыла дорогу группа коренных обитателей планеты — зорианов, возглавляемых красивой и загадочной женщиной по имени Азара. Её внешность скрывает сильную личность: высокая и стройная, словно скульптура из древних легенд, её алые, как пламя, волосы спадают волнами по сильным плечам, а на бархатистой золотой коже отчетливо видны грубые шрамы. Какая непреклонность и властный взгляд! Эта женщина напоминала Максимилиану частичку самого себя — готовность к жертвам ради блага своих людей не знала границ.

Глаза Азары, чернее самой глубокой ночи и полные огня, встретились с глазами цвета глубокого океана Леона, и на мгновение между ними промелькнула искра.

Она сделала глубокий вздох и сказала: "Вы не можете забирать наши священные артефакты!"

"А что, если этот артефакт может спасти нас всех?" — ответил юноша.

Уголки губ Азары слегка поднялись в улыбке,

однако в её голосе читалась непоколебимая решимость:

“Тогда докажи это”.

Эти воины, верные своим традициям, всегда ценили силу и мастерство в бою. Прежде чем вступить в переговоры, они непременно проверяли мощь своего противника. Этот ритуал, испокон веков воплощенный в их культуре, позволял оценить не только физическую силу, но и честь, мудрость, а также готовность к компромиссам. Только после того, как противник демонстрировал достойный отпор и уважение к законам боя, зорианы открывали двери для диалога, рассматривая его как равного. Этот подход позволял им не только обеспечивать безопасность своего народа, но и налаживать союзы с теми, кто, по их мнению, был в достаточной мере достоин стать частью их мира.

Вообще зорианы — это загадочный и могущественный народ. Хроники гласят, что они возникли из самого сердца Зориуса, когда планета только сформировалась, и их судьба неразрывно связана с её энергией. Этот народ обладает уникальной способностью управлять светом и тенями, что позволяет им создавать потрясающие иллюзии и манипулировать восприятием реальности. Зорианы верят, что свет и тень, добро и зло, нежность и жестокость — всё это две стороны одной сущности, и их гармония необходима для поддержания баланса во вселенной.

Мифология народа богата рассказами о богах света и тени, которые управляют всеми аспектами жизни. Они поклоняются Зориусу как живому существу, веря в то, что планета обладает собственной волей и сознанием. Культурные традиции зорианов включают в себя празднование дня и ночи как символов жизни и мудрости, а также проведение сложных ритуалов, в которых свет и тень играют ключевую роль. Способности этого народа важны для мира, поскольку они могут использовать свои умения для защиты от внешних угроз и поддержания мира в галактике. Их мастерство в создании иллюзий и манипулировании восприятием делает их незаменимыми в дипломатических и разведывательных миссиях.

Все зорианы мастерски владеют холодным оружием, оттого противостояние ожидалось будет жестоким. Максимилиан взглянул на Леона, который стоял рядом, тоже ощущая тяжесть предстоящего сражения.

"Губернатор," — тихо начал Леон, — "Вы когда-нибудь задумывались, почему всё это происходит? Почему мы оказались в этом положении?"

Максимилиан посмотрел на Леона, его глаза были полны задумчивости и грусти. "Я много думал об этом. Может быть, это испытание для всех нас. Испытание нашей силы, нашей веры и нашей способности находить свет даже в самой глубокой тьме."

"Но почему Легион?" — продолжил Леон. "Почему они существуют?"

Максимилиан вздохнул. "Это связано с тем, как люди пытались обмануть природу и законы вселенной. Мы научились выгружать своё сознание в Сеть, чтобы жить вечно. Но мы забыли, что сознание без души нарушает гармонию во Вселенной. Души таких людей, что не прошли свой жизненный путь, обманув судьбу, не могут найти покой и объединяются хаотично в некую сущность — Легион."

Леон кивнул, начиная понимать. "И Легион

мучается, потому что нарушено равновесие?"

"Вероятно," — продолжил мужчина. "Эти души несут в себе Плутонические энергии, ассоциирующиеся с разрушением и трансформацией. Без гармонии они озлобляются и начинают поглощать и разрушать всё вокруг. Их боль и страдания становятся источником их силы."

Леон задумался на мгновение. "Так что же мы можем сделать, чтобы остановить их?"

"Нам нужно найти способ освободить эти души и вернуть им покой," — сказал Максимилиан. "Именно поэтому мы ищем этот артефакт. Он может восстановить баланс и дать им шанс на спасение."

Леон почувствовал, как его слова проникают в сердце, наполняя решимостью и уверенностью. "Мы должны верить и бороться. Потому что только так мы сможем изменить этот мир и спасти его от разрушения."

Они стояли вместе, готовые к предстоящей битве, зная, что их сила — в их вере, их надежде и их решимости бороться за свет.

В течение нескольких дней напарники давали отпор воинам, верным Азаре. Однако время действовать пришло, ведь силы Легиона уже на подходе. Леон назначил воительнице встречу для переговоров.

"Позвольте предложить вам путь мира," — начал Леон.

"Мир?" — удивилась Азара, поднимая бровь.

"Я не ищу войны. Я стремлюсь к

сосуществованию в гармонии," — уточнил юноша.

"Вы хотите использовать артефакт, но это недопустимо, последствия могут оказаться катастрофическими для всех и всего сущего," — сказала Азара, сохраняя настороженность.

"Моя цель — не вражда, а защита нашего общего дома. Вы обладаете священным предметом, который может стать нашим щитом против Легиона, чья сила теперь угрожает всему живому. Их армии, насчитывающие миллионы, питаются хаосом и разрушением, служа темной воле своих создателей. Мы не должны позволить им унести жизни наших народов в этой борьбе. Пришло время их остановить!" — с убеждением закончил Леон.

Он пообещал, что может минимизировать

ущерб и предложил компромисс: активировать реликвию только на короткое время, чтобы уничтожить вражеский флот, но недостаточно долго, чтобы вызвать катастрофу.

Азара выросла в суровых условиях, наблюдая за жестокими межплеменными конфликтами из-за редких ресурсов Зориуса. С детства её учили, что выживание зависит от способности сражаться и защищать свои земли. Потеряв родителей в одной из битв, она поклялась стать непреклонной воительницей, которая будет защищать зорианские традиции любой ценой.

Шрамы на её нежной коже были напоминанием о тяжелых испытаниях, через которые она прошла. Каждый изгиб её мускулистого тела источал силу и грацию смертоносного хищника. В битве Азара была безжалостна, мастерски владея древним клинком. Её движения были настолько стремительными, что казались лишь размытыми тенями в воздухе.

Но за этой оболочкой скрывалась глубокая душа. Азара жаждала мира, в котором её народ мог бы процветать, не опасаясь вражеских вторжений. Когда она встретила Леона, то поначалу отнеслась к нему с недоверием, видя в нём лишь жадного искателя реликвий. Однако по мере их бесед она разглядела в юноше отблеск мудрости и стремление к знаниям.

Их разделяли традиции и культуры, но объединяло общее видение счастливого будущего для всех разумных рас галактики. Азара ощущала зарождение новых, доселе незнакомых ей чувств к этому человеку из внешнего мира. Открывалась ли её душа навстречу переменам или же предстояло еще немало испытаний?

Её сердце металось между долгом и осторожным доверием к Леону и его дерзкому плану. Сможет ли она преодолеть вековые устои ради высшего блага? Этот внутренний конфликт закалял её характер, учил искать баланс между твердостью и гибкостью там, где раньше была лишь незыблемость.

Леон подошел к Азаре, держа в руках старинный свиток и маленький сверкающий кристалл:

"Азара, посмотри на это!"

"Что это?" — настороженно спросила она, не скрывая любопытства.

"Эти записи... Они старше, чем мы думали," — Леон раскрывает свиток, указывая на древние символы. — "Смотри, здесь говорится об артефакте," — он поднимает минерал к свету, и его глаза загораются от восторга.

"Это... Это описание 'Света Зориуса'?" — прошептала Азара и наклонилась ближе, изучая символы.

"Да. И если верить этим записям, он обладает силой, которая может изменить ход нашей борьбы," — согласился он, кивая в ответ, не отрывая взгляда от камня.

"Ты думаешь, он может помочь нам?" — спросила Азара с удивлением и надеждой в голосе.

"Я уверен в этом. Но нам нужно больше знаний, чтобы понять, как его использовать."

Юноша медленно кладёт записи и минерал на

стол, его взгляд серьезен и решителен. Азара прикасается к кристаллу, её глаза отражают свечение камня, свет наполняет её благодатью и доверием к этому миру и к Леону.

“Тогда мы найдём эти знания. Вместе!” — с уверенностью произнесла она.

5
Переход к миру

Мир вокруг казался на грани гибели, и ситуация становилась все более тревожной. Напряжение в городе Авалон достигло критической точки. Массовые протесты и митинги начались по всей планете. Люди требовали перемен, но каждый видел их по-своему. Максимилиан ощущал их страх и надежду, гнев и отчаяние.

"Мы все ищем ответы," — пронеслась в его голове мысль. Стоя у окна своего кабинета, мужчина глядел на город, окутанный вечерними тенями. Он чувствовал, как тяжесть ответственности ложится на его плечи. На руках проступал холодный пот, невысказанное давление отражалось на хмуром лбу, годами изборождённом морщинами. "Какой же выбор мне сделать?" — размышлял губернатор.

Мысли о минерале и артефакте, о связанных с ними рисках и возможностях хаотично вихрились в его голове. Сознавая, что любое действие способно перекроить судьбы народов, Максимилиан ощутил, как после встречи с Леоном в нём взросли новые черты характера — способность к эмпатии и гибкость мышления. Он начал понимать ценность компромиссов и важность иногда отступать от устоявшихся практик в поиске решений.

В воздухе замерла предвестница неминуемого, надвигающегося насилия, готового вспыхнуть в мгновение ока. Но самая большая угроза была впереди — Легион, приближающийся к галактическим рубежам...

Это ужасающее войско, состоящее из мертвых

душ и тех, кто был на грани смерти, порождало отвратительных тварей из сгустков материи и обломков разрушенных цивилизаций. Они были слиты в единую массу тьмы. И только бесценный камень и священный предмет могут помочь.

В эту ночь Максимилиана снова поглотил мир сновидений, еще более яркий, чем прежде. Он оказался в сердце живописного леса, деревья которого были настолько высоки, что их вершины скрывались в густом тумане. Ветки переплетались в сложные узоры, создавая естественный свод над его головой, а на земле расстилался мягкий ковер из мха и опавших листьев.

Максимилиан чувствовал себя частью этого леса, каждой его живой клеткой, как будто они были связаны невидимыми нитями. Впереди мелькали тени, и он пошел за ними, ощущая, как каждый шаг отзывается в его сердце. Внезапно он услышал мелодичный шепот — песню, которую исполняли сами деревья. Их голоса сливались в прекрасную симфонию, наполняя его душу спокойствием:

"Этот мир мы создали для вас,

Тех, кто в мире живых уж больше не живой,

Но покинуть его сил нет вам в тот час,

Когда выбрали вы путь не свой.

Здесь судьба подобна той,

Но наставниками будем мы.

Мы так любим дети вас

И даём вам эти дары."

Максимилиан проснулся, когда внезапно вражеский флот Легиона начал атаку. Неисчислимое зло, подобно черной тени, распространялось повсюду, сеяло разрушения и приближалось всё ближе. Их флотилии были как сплетение темных теней,

излучающих плотное и вязкое мертвенное свечение.

Отважные защитники собрали свои силы, но даже объединённые армии чувствовали себя уязвимыми перед лицом такой мощи. Войска губернатора развернули свои корабли и щиты на орбите и поверхности планеты. Воины отчаянно сражались, но с каждым часом ситуация становилась всё более критической. То, что осталось от экипажей, столкнувшихся с этой бурей на её периферии, уже не могли считаться живыми. Пережитые ими психические и физические травмы вышли за грани человеческого восприятия. Многие были поглощены Легионом и стали его частью — сознаниями, парящими в вихре, вечно вопящими о помощи своих богов.

Понимая, что прямое сопротивление врагу обречено на провал, Максимилиан и Леон приняли решение активировать артефакты — последнюю надежду.

“Риски слишком велики,” — пытался предупредить командующий.

“А что если это наш единственный шанс?” — возразил юноша.

“Цена слишком высока,” — завершил Максимилиан, но умолчал о мрачных последствиях, предвиденных в своих видениях.

Мучительные метания терзали некогда непоколебимого военачальника. Мужчина ощущал, как мгновение за мгновением утрачивает контроль, уверенность, которой когда-то упивался.

С каждой секундой время ускользало. Вдруг

Максимилиана охватило яркое прозрение, словно молния осветившая тьму ночи. Он точными движениями выхватил у Леона минерал и соединил его с артефактом. Небо резко заполнилось ярким светом, и вражеские корабли начали исчезать один за другим, словно растворяясь в воздухе.

Легион рассеялся.

В то время как радость победы наполняла сердца всех, Леон, погруженный в тишину своих раздумий, ощущал тяжесть утраты. Максимилиан стал жертвой, принесенной на алтарь триумфа. В ту судьбоносную минуту он был маяком, направляющим мощь света, рассеивающего тьму. Однако человеческая сущность оказалась слишком хрупкой для столь огромного потока энергии. Сила, освободившаяся при активации артефактов, не только развеяла темные тучи вражеского флота, но и подарила мир и покой поглощённым душам Легиона. А дух Максимилиана вознёсся к новым высотам бытия. Теперь он владыка царства, где правит новым миром и указывает путь заблудшим душам.

“До свидания, мой друг. Надеюсь, мы встретимся снова,” — прошептал Леон, глядя на исчезающий луч света, закрывающий портал между мирами.

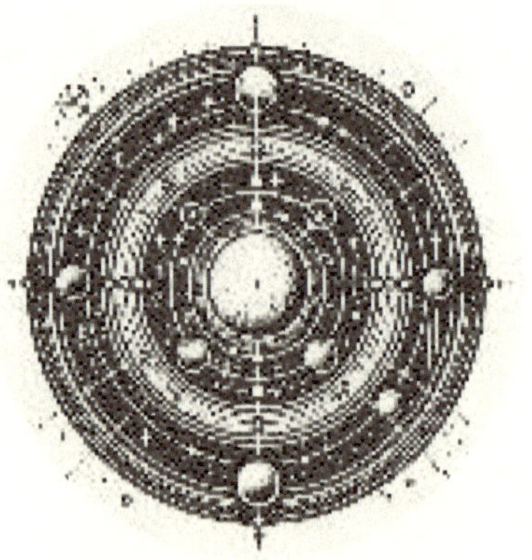

Пустая страница

www.ingramcontent.com/pod-product-compliance
Lightning Source LLC
Chambersburg PA
CBHW020503160726
47991CB00007B/2782